Luisa the Green Sea Turtle

Emilie Vardaman, author
Jessie Stout, artist

Luisa la Tortuga Verde Marina

Emilie Vardaman, autora
Jessie Stout, artista

A Frontera Books Publication

Printed in the United States of America

Also available as an electronic book

Cover layout and interior format by Debora Lewis arenapublishing.org

ISBN-13: 978-1721207220
ISBN-10: 1721207228

This book is dedicated to Cosme, Pepe, Matilde and all the *tortugueros* of Bahía Kino, Sonora, Mexico. Thank you for your continual work on behalf of the sea turtles!

Este libro está dedicado a Cosme, Pepe, Matilde y a todos los tortugueros de Bahía de Kino, Sonora, México. ¡Gracias por su continuo trabajo en beneficio de las tortugas marinas!

Luisa the Green Sea Turtle

Luisa la Tortuga Verde Marina

"Look how big she is, José!"

The two men were looking at Luisa, a Green Sea Turtle who was caught in their fishing net. One minute she'd been eating sea grasses in the estuary at Bahia de Kino, Sonora, and the next minute there she was, caught in a fishing net.

"¡Mira qué grandota es, José!"

Los dos hombres estaban viendo a Luisa, la Tortuga Verde Marina que estaba atrapada en su red de pesca. Un minuto ella había estado comiendo hierbas marinas en el estuario en Bahía de Kino, Sonora, y al siguiente minuto ahí estaba, atrapada en una red de pesca.

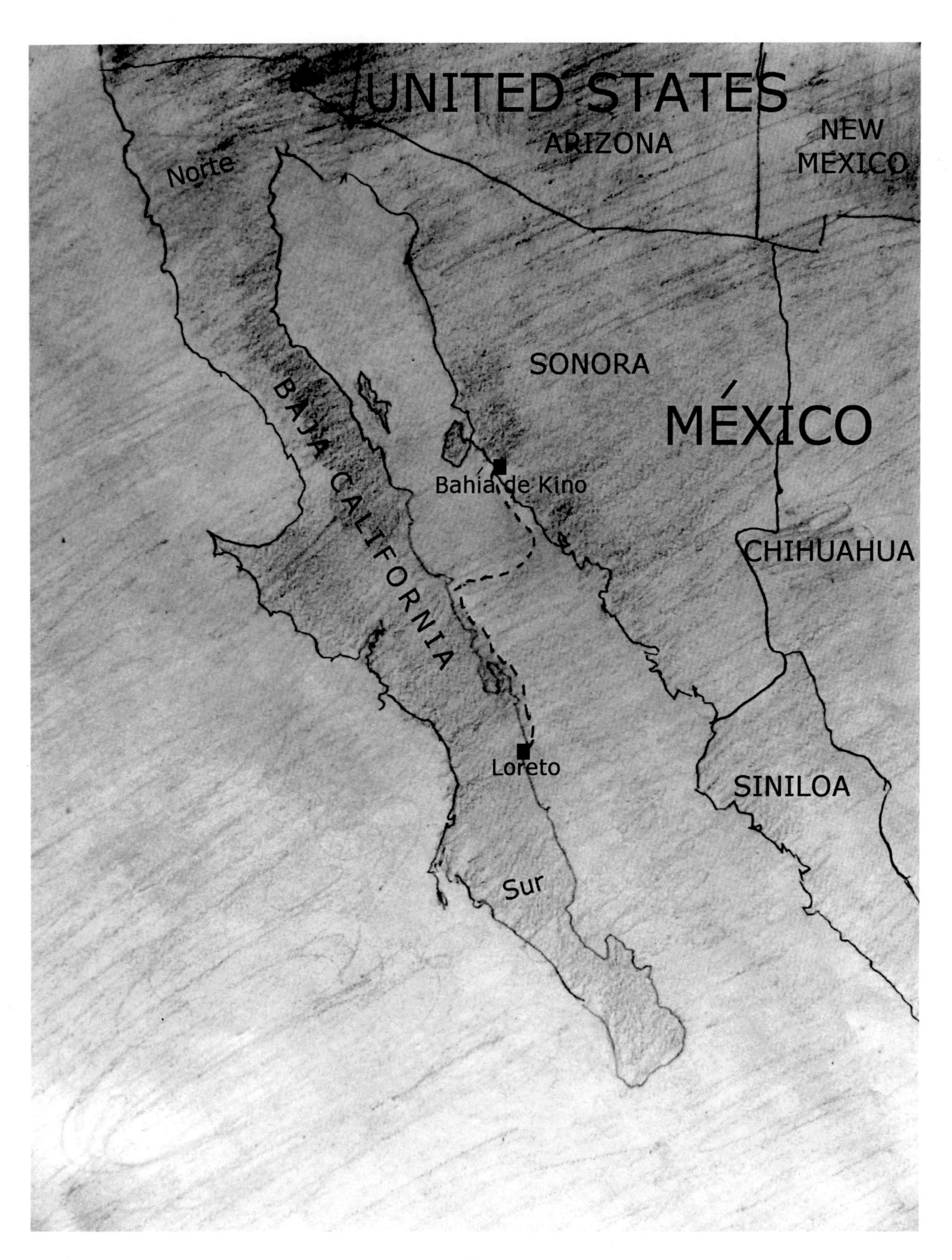
UNITED STATES
ARIZONA
NEW MEXICO
Norte
SONORA
MÉXICO
BAJA CALIFORNIA
Bahia de Kino
CHIHUAHUA
Loreto
SINILOA
Sur

Luisa had just finished swimming for days and days from Loreto, in Baja California Sur, all the way across the Sea of Cortez to Bahia de Kino. She had swum back to Kino to lay her eggs. All sea turtles return to where they hatched, or very close by, to lay their own eggs. Luisa had been coming back here to lay eggs every two or three years for more than thirty years. And now she was trapped!

"Yes, she's a really big one, Martín. I would guess that she weighs close to three hundred pounds!"

Luisa acababa de terminar de nadar por días y días desde Loreto, en Baja California Sur, todo el camino a través del Mar de Cortez hasta Bahía de Kino. Había nadado de regreso a Kino para poner sus huevos. Todas las tortugas marinas regresan al lugar donde nacieron, o muy cerca de ahí, para poner sus propios huevos. Luisa había estado viniendo de vuelta aquí a poner huevos cada dos o tres años por más de treinta años. ¡Y ahora estaba atrapada!

"Sí, es una realmente grande, Martín. ¡Creo que pesa cerca de trescientas libras (ciento cincuenta kilos)!

Luisa struggled but it was useless. The two men used their strong arms to pull her out of the shallow waters of the estuary into their old, blue fishing boat. Luisa's friend Elena who was eating with her watched and was terrified. She was sad that she could not help.

Luisa was tired after her long swim and hadn't been paying enough attention to notice the net. She had traveled over three hundred miles. No wonder she was tired!

Luisa luchaba pero era inútil. Los dos hombres usaron sus fuertes brazos para sacarla de las aguas poco profundas del estuario y subirla a su viejo bote de pesca azul. La amiga de Luisa, Elena, que estaba comiendo con ella, lo observaba todo y estaba aterrada. Estaba triste de no poder ayudar.

Luisa estaba cansada después de su largo recorrido a nado y no había estado poniendo atención para notar la red. Había viajado más de trescientas millas. ¡No era de extrañarse que estuviera cansada!

It took almost a month for Luisa to get from Loreto back to Kino. She had a big meal of algae before she left Loreto. Then she swam out to sea. Just as she went under the water, she turned her head left and right. She was looking for sharks. When she knew it was safe, she dove deep and swam.

Luisa swam and swam. She often came to the surface to look around and find seaweed. When she found seaweed, she would eat and then dive, dive, dive. When she was very deep, about one hundred feet deep, she'd swim for a little while. Sometimes a turtle friend would join her for a day or two.

Le tomó a Luisa casi un mes ir desde Loreto de regreso hasta Kino. Había comido muchas algas antes de salir de Loreto. Luego nadó hacia mar abierto. En cuanto se sumergió en el agua volteó la cabeza hacia la izquierda y la derecha. Estaba buscando tiburones. Cuando estuvo segura de que no había, se sumergió profundamente y nadó.

Luisa nadó y nadó. Con frecuencia subió a la superficie para ver alrededor y encontrar algas marinas, comía y luego se sumergía, hondo, hondo. Cuando se había sumergido mucho, aproximadamente quinientos pies (ciento cincuenta y tres metros), nadaba por más o menos una hora y media. A veces una tortuga amiga se unía a ella por un día o dos.

She always had to watch carefully to stay away from areas with sharks. She was afraid of sharks! She was glad that turtles can see very well. She knew she would see a shark before it would see her. She would swim and swim and swim while she watched.

Then she would come to the surface again. She would rest and eat. She would look out with her deep gray eyes at the beautiful ocean she loved. Then dive, dive, dive and swim some more.

Siempre tenía que tener mucho cuidado de permanecer lejos de áreas con tiburones. ¡Les tenía mucho miedo a los tiburones! Le daba gusto que las tortugas tuvieran tan buena vista. Sabía que podría ver a un tiburón antes de que él pudiera verla a ella. Podía nadar, y nadar, y nadar mientras vigilaba.

Entonces salía a la superficie de nuevo. Descansaba y comía. Miraba con sus profundos ojos grises el hermoso océano que amaba. Luego se sumergía hondo, hondo, hondo y nadaba un poco más.

Many days later, here she was in the quiet estuary, but now she'd been caught. She had to lay her eggs in a few days! What was she going to do?

The two men started their boat and took Luisa to shore. Shore! The beach near where she'd hatched. She had to figure out how to get loose so she could lay her eggs.

Muchos días después, estaba aquí en el tranquilo estuario, pero ahora había sido atrapada. ¡Tenía que poner sus huevos en unos cuantos días! ¿Qué iba a hacer?

Los dos hombres arrancaron su bote y llevaron a Luisa a la playa. ¡La playa! La playa cerca de donde ella había nacido. Tenía que averiguar cómo soltarse para poder poner sus huevos.

However, when the men got to the beach, they walked up to a truck. A man got out of the truck. José said to the man, "Hello, Roberto! Look at this big turtle we caught!" Then José and Martín lifted Luisa out of the boat and put her in the back of a truck.

"Thanks for offering to cook for this year's festival, Roberto. This old girl will make a wonderful soup," said Martín.

"She sure will," said Roberto. "I'll take her home and lock her in my bathroom until tomorrow when I can cook her."

Sin embargo, cuando los hombres llegaron a la playa se dirigieron a un camión. Un hombre se bajó del camión. José le dijo al hombre: "¡Hola Roberto! ¡Mira esta gran tortuga que atrapamos!" Luego José y Martín sacaron a Luisa del bote y la pusieron en la parte de atrás del camión.

"Gracias por ofrecerte a cocinar para el festival de este año, Roberto. Esta muchacha va a hacer una maravillosa sopa," dijo Martín.

"Seguro que sí," dijo Roberto. "La llevaré a casa y la encerraré en mi baño hasta mañana que pueda cocinarla."

Soup, thought Luisa. *I am supposed to become SOUP?*

And with that Luisa began to cry. "Bwaah! Bwaah! Bwaah!" Tears ran down her face while she cried. The truck bounced along a dirt and sand road and poor Luisa bounced with it.

The truck stopped at a house and the man named Roberto went in and came back with a younger man who was his son. Together they carried Luisa into the house and locked her in a small dark room.

"Bwaah!" she cried.

Sopa, pensó Luisa. *¿Se supone que me voy a convertir en SOPA?*

Y con eso Luisa empezó a llorar. "¡Buaaa! ¡Buaaa! ¡Buaaa!" Las lágrimas le rodaban por la cara mientras lloraba. El camión brincaba a lo largo del camino de tierra y arena y la pobre de Luisa junto con él.

El camión se detuvo en una casa y el hombre llamado Roberto entró y volvió con un hombre más joven. Juntos llevaron a Luisa a la casa y la encerraron en un pequeño cuarto obscuro.

"¡Buaaa!" lloraba ella.

All night long Luisa thought about her beautiful Sea of Cortez. She thought about the algae she nibbled off rocks, the seaweed she ate in the middle of the Sea of Cortez, and the delicious sea grass growing right here off the shores of Kino.

She thought about laying her eggs. She was only about fifty and would continue to lay eggs for at least ten more years—if she could get out of here. "Bwaah!" Luisa hated this tiny room where she was trapped. She cried and cried while she thought of her home, the sea.

Toda la noche Luisa pensó en su hermoso Mar de Cortez. Pensó en las algas que mordisqueaba de las rocas, las algas que comía en medio del Mar de Cortez, y la deliciosa hierba marina que crecía aquí, fuera de las playas de Kino.

Pensó acerca de poner sus huevos. Solamente tenía alrededor de cincuenta años y podía seguir poniendo huevos por al menos diez años más, si podía salir de aquí. "¡Buaaa!" Luisa odiaba este pequeño cuarto donde estaba atrapada. Lloró y lloró y mientras lloraba, pensaba en su casa, el mar.

Right next to the small bathroom where Luisa was, Roberto and his wife Marcela tried to sleep. But Luisa's crying kept them awake. Soon Marcela was crying too. "Roberto! You cannot kill that poor turtle and cook her. You have to set her free. How can you kill such a beautiful animal?"

"Marcela, you know you've eaten turtle soup your whole life. You love turtle soup!"

But there was no arguing with Marcela. And soon, even Roberto couldn't listen to Luisa's cries without feeling sorry for her.

Justo enseguida del pequeño baño donde estaba Luisa, Roberto y su esposa, Marcela, trataban de dormir. Pero el llanto de Luisa los mantenía despiertos. Pronto, Marcela también estaba llorando. "¡Roberto! No puedes matar y cocinar a esa pobre tortuga. Tienes que liberarla. ¿Cómo puedes matar a un animal tan hermoso?"

"Marcela, sabes que has comido sopa de tortuga toda tu vida. ¡Te encanta la sopa de tortuga!"

Pero no había manera de razonar con Marcela. Y pronto, aún Roberto no podía escuchar los llantos de Luisa sin sentir lástima por ella.

In the morning, Roberto and his son carried Luisa back to the truck. "Bwaah!" *Where are they taking me now? Probably to the soup pot!!*

The truck bumped along the sandy road and stopped. When Roberto and his son lifted Luisa out of the truck, they set her down on the beach. The beach! Luisa couldn't believe it. She was back on her beach!

En la mañana, Roberto y su hijo subieron a Luisa de nuevo al camión. "¡Buaaa!" *¿A dónde me llevan ahora? ¡¡Probablemente a la olla de la sopa!!*

El camión rebotó a lo largo del arenoso camino y se detuvo. Cuando Roberto y su hijo sacaron a Luisa del camión, la pusieron sobre la playa. ¡La playa! Luisa no podía creerlo. ¡Estaba de regreso en su playa!

The two men watched as Luisa crawled as fast as she could back to the water. Soon she was swimming back into the estuary. She was starving! Roberto waved goodbye as Luisa swam away.

Los dos hombres observaron cómo Luisa reptaba tan rápido como podía para regresar al agua. Pronto estaba de regreso nadando en el estuario. ¡Se moría de hambre! Roberto le dijo adiós agitando la mano mientras Luisa nadaba alejándose.

Two days later, she climbed up a nearby beach, a quiet one with no people around. She dug a deep hole. Then Luisa laid her eggs in the hole, all 93 of them. Then she buried the eggs and went back to the water and swam out into the Sea of Cortez.

After Roberto and his son took Luisa back to the sea, José was very angry that Roberto had let Luisa go. He had wanted to eat turtle soup at the fiesta. It was a tradition for the fishermen to make turtle soup for their fiestas.

Dos días después, ella subió a una playa cercana, una muy tranquila, sin gente alrededor. Cavó un profundo agujero. Luego Luisa puso sus huevos en el agujero, todos los 93 huevos. Luego enterró los huevos, regresó al agua y nadó hacia el Mar de Cortez.

Después de que Roberto y su hijo llevaron a Luisa de regreso al mar, José estaba muy enojado porque Roberto había dejado ir a Luisa. Era una tradición de los pescadores hacer sopa de tortuga para sus fiestas.

But after releasing Luisa, Marcela had done some research. She learned that Green Sea Turtles, in fact all sea turtles, are endangered. That means there are not many left and it is important to help save them. Marcela and Roberto began talking to their friends about sea turtles and how important it was to help save them.

Soon Marcela and Roberto had convinced most of the fishermen and their families to work to save sea turtles. They joined a group called *Grupo Tortuguero.* Members of *Grupo Tortuguero* in three Mexican states all worked together to help save sea turtles.

Pero después de liberar a Luisa, Marcela había investigado un poco. Averiguó que las Tortugas Verdes Marinas, y de hecho todas las tortugas, están en peligro. Eso significa que no quedan muchas y que es importante ayudar a salvarlas.

Pronto Marcela y Roberto habían convencido a la mayoría de los pescadores y sus familias de trabajar para salvar a las tortugas marinas. Se unieron a un grupo llamado *Grupo Tortuguero.* Los miembros del *Grupo Tortuguero* en tres estados mexicanos trabajaron juntos para ayudar a salvar a las tortugas marinas.

Because of Luisa (because of her crying, actually!), there are now more and more people in Mexico working to help save sea turtles. Her children and grandchildren don't know it, but it is because of Luisa that their lives are safer.

A causa de Luisa (¡realmente a causa de su llanto!), ahora hay más y más personas en México trabajando para ayudar a salvar a las tortugas marinas. Sus hijos y nietos no lo saben, pero es a causa de Luisa que sus vidas están más seguras.

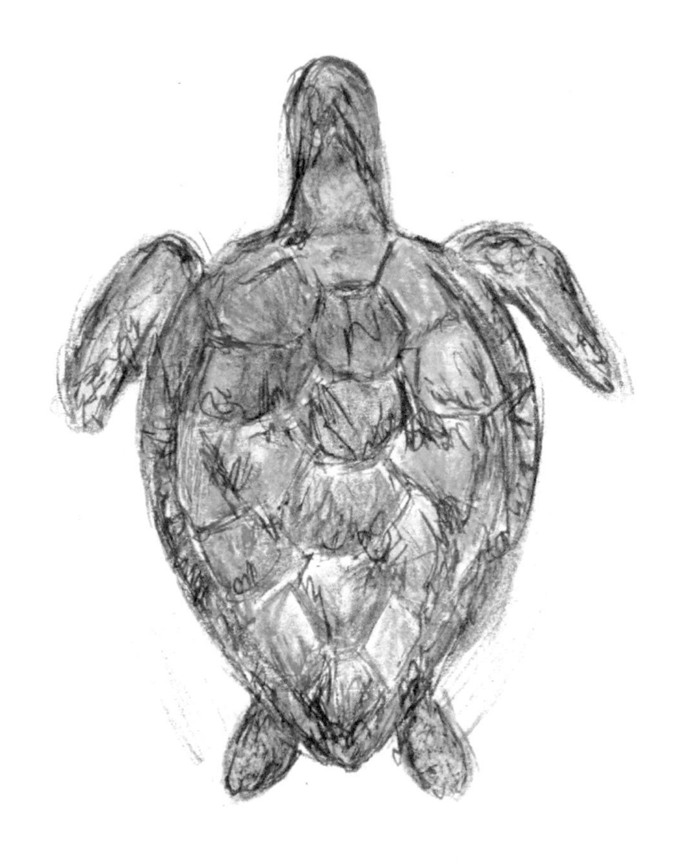

A Special Thanks...

Agradecimiento Especial...

A number of people helped as I created this book.

First, thanks to members of my writing group, Dona Schell and Pearl Watkins, for feedback and support and telling me to go for it! Thanks also to author-photographer Christina Nealson and to her daughter Hope Nealson for their comments and suggestions. Children's author Mimi Retana also gave me suggestions and support.

Un número de personas me ayudaron mientras creaba este libro.

Primero, gracias a los miembros de mi grupo de escritura, Dona Schell y Pearl Watkins, por la retroalimentación y el apoyo y por decirme ¡Anímate! Gracias también a la autora-fotógrafa Christina Nealson, y a su hija, Hope Nealson por sus comentarios y sugerencias. La autora de libros para niños Mimi Retana también me dio sugerencias y apoyo.

Thanks to my sister, Jean Stout, who read the story to her granddaughter Aenea, and thanks especially to Aenea for pointing out the places where she wanted pictures. Jessie Stout did the drawings for this book. Teresita García Ruy Sanchez, translator, provided the translation from English to Spanish. I also appreciate Debora Lewis who did the layout for the book. Thanks so much to you all!

To Alfredo, thanks so much not only for your feedback but also for your love, support, and encouragement.

Gracias a mi hermana, Jean Stout, que leyó la historia a su nieta Aenea, y gracias especialmente a Aenea por señalar los lugares en que quería ilustraciones. Jessie Stout hizo los dibujos para este libro. Teresita García Ruy Sanchez, traductora, proporcionó la traducción del inglés al español. También mi aprecio para Debora Lewis que hizo el diseño para el libro. ¡Muchas gracias a todas ustedes!

Para Alfredo, muchísimas gracias no solo por tu retroalimentación sino también por tu amor, apoyo y ánimo.

Glossary - Glosario

Algae: Algae are very simple plants that grow in water or under water. Many sea animals and fish like to eat algae.

Algas: Las algas son plantas muy simples que crecen en agua o debajo del agua. A muchos animales y peces marinos les gusta comer algas.

Endangered: Endangered means that there are very few of something, like a plant, an animal, a bird, a fish, or a turtle. There are very few, so there is a danger that they could die and disappear from the earth forever. For many years, people captured sea turtles to eat them. People would also watch when turtles laid eggs, and then the people would take the eggs to eat. Because of this, all the kinds of sea turtles became endangered. Now people understand it is important to help save them. Groups like the Tortugueros in Mexico work to help sea turtles live by rescuing injured ones, protecting eggs, and helping baby turtles after they hatch.

En Peligro de Extinción: En peligro de extinción significa que hay muy poco de algo, como una planta, un animal, un ave, un pez o una tortuga. Hay muy pocos, así que existe el peligro de que puedan morir o desaparecer de la tierra para siempre. Por muchos años, la gente capturó a las tortugas marinas para comérselas. La gente también observaba cuando las tortugas ponían huevos, y luego se llevaban los huevos para comérselos. A causa de esto, todos los tipos de tortugas marinas están en peligro de extinción. Ahora las personas entienden que es importante ayudar a salvarlas. Grupos como los Tortugueros en México trabajan para ayudar a las tortugas marinas a vivir rescatando a las que están lastimadas, protegiendo los huevos y ayudando a las tortugas bebé después de que salen del cascarón.

Estuary: This is an area where a river meets the ocean, so the water is a mixture of river water and salty sea water. Usually the water is not very deep. Because the water is a mixture of sea water and river water, the plants and animals that live there are different from ones in the ocean or river. Green Sea Turtles love the grasses that grow in estuaries.

Estuario/Estero: Esta es un área donde un río se encuentra con el océano, así que el agua es una mezcla de agua de río y agua salada del mar. Usualmente el agua no es muy profunda. Como el agua es una mezcla de agua de mar y agua de río, las plantas y animales que viven ahí son diferentes de los que viven en el océano o el río. A las Tortugas Verdes Marinas les encantan los pastos que crecen en los estuarios/esteros.

Fishing net: This is a big net that fishermen throw into the ocean. Fish and turtles cannot swim through the net and they get caught. Then the fishermen pull the big net into their boat. They let all the fish and turtles out onto the bottom of the boat and then throw the net out again to catch more fish or turtles. When the boat is full, the fishermen return to shore to clean and sell the fish.

Red de pesca: Esta es una gran red que los pescadores lanzan al océano. Los peces y las tortugas no pueden nadar a través de la red y son atrapados. Luego los pescadores suben la red a su bote/barco. Sueltan a todos los peces y tortugas en el fondo del bote/barco y luego vuelven a lanzar la red para atrapar más peces o tortugas. Cuando el bote está lleno, los pescadores vuelven a la playa para limpiar y vender el pescado.

Hatch: Birds, turtles, and reptiles like snakes and lizards lay eggs. Inside the eggs, baby birds, turtles or reptiles slowly grow. When the animal is ready to be born, the egg cracks open so the baby can come out. When the egg breaks open, it is called hatching.

Salir del cascarón: Las aves, tortugas y reptiles, como las serpientes y lagartijas, ponen huevos. Dentro de los huevos, aves, tortugas y reptiles bebés crecen lentamente. Cuando el animal está listo para nacer, el huevo se raja y se abre para que el bebé pueda salir. Cuando el huevo se rompe y estos animales nacen, se llama salir del cascarón.

Shallow: Water that is not very deep is called shallow water. In the estuary in Bahia de Kino, the water is only a few inches deep in some places and about four feet deep in other places.

Poco profunda: El agua que no es muy profunda es llamada agua poco profunda. En el estuario/estero de Bahía de Kino, el agua solo tiene unas cuantas pulgadas de profundidad en algunos lugares y aproximadamente cuatro pies de profundidad en otros lugares.

Seaweed: Seaweed is a special kind of algae that usually grows long. Some seaweeds are very, very tiny, but some grow over one hundred feet long! Some fish, sea animals, and turtles eat seaweed.

Alga marina: El alga marina es un tipo especial de alga que usualmente crece larga. Algunas algas marinas son muy, muy pequeñas, ¡pero algunas crecen hasta más de cien pies! Algunos peces, animales marinos y tortugas comen algas marinas.

Surface: A surface is the outside top part of something. In the ocean, the surface is the very top of the water. Sea turtles swim under water but the come to the surface to breathe. Then they can swim again for a long time.

Superficie: Una superficie es la parte superior de algo. En el océano, la superficie es la parte de más arriba del agua. Las tortugas marinas nadan bajo el agua, pero salen a la superficie a respirar. Luego pueden nadar de nuevo por un largo tiempo.

Tortuguero: There is no real translation of this word from Spanish to English, but it is the word for people who help save turtles and work to see that their nests are safe.

Tortuguero: No existe una traducción real de esta palabra en español al inglés, pero es la palabra que se usa para las personas que ayudan a salvar a las tortugas y trabajan para asegurar que sus nidos estén seguros.

Made in the USA
Lexington, KY
03 July 2018